Paris
1874

Jourdain, Charles-Marie-Gabriel Brechillet

Discussions de quelques points de la biographie de Roger Bacon

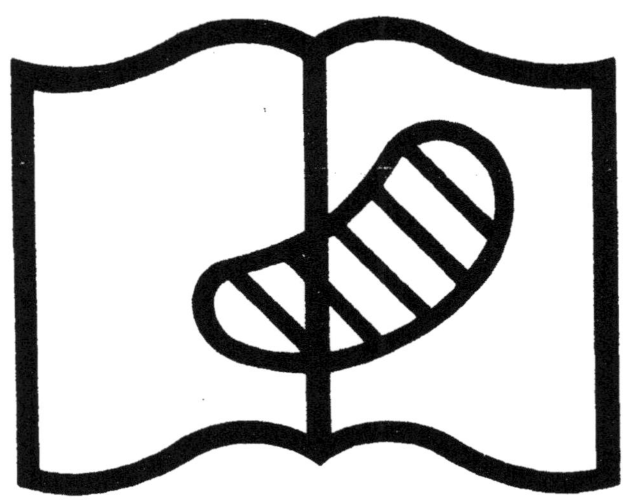

Symbole applicable
pour tout, ou partie
des documents microfilmés

Original illisible

NF Z 43-120-10

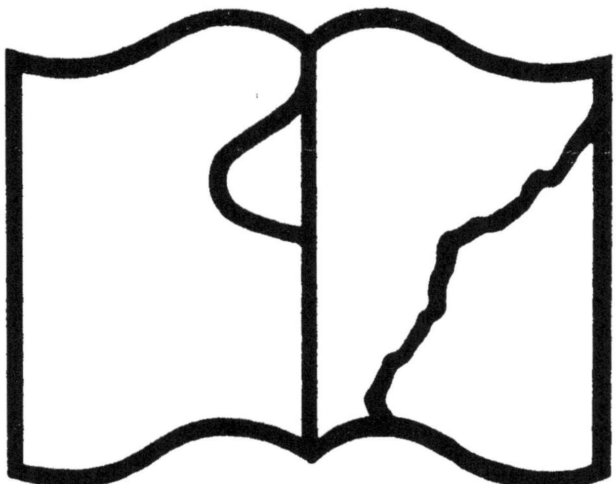

**Symbole applicable
pour tout, ou partie
des documents microfilmés**

Texte détérioré — reliure défectueuse

NF Z 43-120-11

DISCUSSION DE QUELQUES POINTS

DE

LA BIOGRAPHIE DE ROGER BACON

PAR

M. CH. JOURDAIN

MEMBRE DE L'INSTITUT

PARIS

IMPRIMERIE NATIONALE

M DCCC LXXII

EXTRAIT DES COMPTES RENDUS

DES SÉANCES DE L'ACADÉMIE DES INSCRIPTIONS ET BELLES-LETTRES

OCTOBRE-DÉCEMBRE 1878

DISCUSSION DE QUELQUES POINTS

DE

LA BIOGRAPHIE DE ROGER BACON.

Roger Bacon est un des personnages les plus considérables que présente l'histoire des sciences et de la philosophie au moyen âge, et, en même temps, c'est un de ceux sur lesquels nous possédons le moins de renseignements. Comme le remarquait dernièrement l'auteur de la monographie la plus savante et la plus complète qui lui ait été consacrée [1], son nom n'est prononcé ni par Vincent de Beauvais, ni par Trithême; les premiers biographes qui aient parlé de lui sont Leland, Bale et Pits. Ce qu'ils rapportent de sa vie et de ses travaux a passé dans les ouvrages de leurs successeurs; mais à quelles sources avaient-ils eux-mêmes puisé tant d'informations? Nous ne le savons pas; et les erreurs qu'ils ont commises en maint passage laissent planer un doute sur leurs assertions, lorsque celles-ci s'offrent à nous sans autre garantie que leur propre parole.

Serait-il possible, avec les matériaux dont nous disposons aujourd'hui, de dissiper entièrement les obscurités qui environnent la naissance, la famille et beaucoup de points encore mal éclaircis de la vie de Roger Bacon? Nous sommes loin de le penser, et, en tout cas, nous n'avons pas une si haute visée. Notre unique dessein serait d'examiner de près quelques-unes des traditions que les plus anciens biographes de cet homme célèbre ont les premiers émises à son sujet, d'essayer certains rapprochements qui n'ont pas été faits jusqu'ici, de chercher enfin si une interprétation meilleure donnée à d'anciens textes connus avant nous n'ouvrirait pas la voie à des

---

[1] *Roger Bacon, sa vie, ses ouvrages, ses doctrines, d'après des textes inédits,* par Émile Charles: Paris, 1861, in-8°, p. 2.

conclusions nouvelles, offrant un certain degré de vraisemblance et d'intérêt.

Et d'abord, quelle est la date de la naissance de Bacon? La plupart des historiens s'accordent à la fixer à l'année 1214. En nous appuyant sur deux passages de l'*Opus tertium*, nous croyons qu'on peut la faire remonter jusqu'en 1210. Il est constant que l'*Opus tertium* a été composé en 1267. Or, l'auteur y déclare que, depuis l'époque où il apprenait l'alphabet, il a consacré quarante années de sa vie à l'étude des lettres[1]. En supposant qu'il eût appris l'alphabet à l'âge d'environ sept ans, nous serions reportés pour la date de sa naissance à quarante-sept années avant 1267, c'est-à-dire en 1220. Mais ces quarante-sept années paraissent devoir se compter à partir, non pas de 1267, mais de 1257, époque où Bacon, suivant un autre passage de l'*Opus tertium*, sur lequel nous aurons à revenir, se retira des écoles et commença une vie, nouvelle pour lui, de silence et d'oubli. Nous nous trouvons ainsi reportés à 1210, et cela avec d'autant plus de vraisemblance que Bacon, en 1267, se représente comme déjà vieux, *me senem*[2], ce qu'il n'aurait pu faire s'il n'avait compté alors que quarante-sept ans. On conçoit aussi qu'étant né en 1210, et ayant, par conséquent, vingt-trois ans en 1233, il ait pu, à cette date, figurer parmi les clercs de la cour du roi d'Angleterre et se signaler, dans une scène que raconte Mathieu Paris[3], par la vivacité spirituelle et presque audacieuse de ses reparties.

Mais quelle était la patrie de Roger Bacon? Suivant l'opinion unanime de ses biographes, il serait né en Angleterre.

---

[1] *Fr. Rogeri Bacon opera quædam hactonus inedita.* Edited by J. S. Brewer London, 1859, in-8°, p. 65 : «Multum laboravi in scientiis et linguis et posui jam quadraginta annos postquam didici primo alphabetum.»

[2] *Opus majus*, cap. x, edit. Venetiis, 1750, in-fol. p. 12.

[3] *Historia major*, Londini, 1640, in-fol. p. 386.

Antoine Wood assigne même avec précision le lieu de sa naissance : ce serait la petite ville d'Ilchester, dans le comté de
Sommerset[1]. Wood en réfère sur ce point à un ouvrage manuscrit d'un érudit anglais, John Rowse, lequel vivait deux
cents ans après Bacon, car Tanner le fait mourir en 1491[2].
A l'appui de l'opinion émise par le savant historien de l'université d'Oxford, quelque répandue qu'elle soit, nous vou-
drions un témoignage plus décisif; mais nous n'avons décou-
vert ni dans Bacon, ni dans les documents contemporains,
aucun texte qui l'appuyât. Nous sommes donc obligé, jusqu'à
plus ample information, de la considérer comme une conjecture purement gratuite. Ce ne serait pas, d'ailleurs, la seule
fois que les biographes anglais se seraient hasardés à émettre
des hypothèses auxquelles on peut en opposer d'autres qui
sont, à tout prendre, aussi plausibles. Voici un contemporain
de Bacon, Adam de Marisco : il serait également originaire,
selon Leland, du comté de Sommerset; le savant éditeur de ses
lettres a la franchise d'avouer qu'il ignore sur quel fondement
repose cette opinion, que cependant il veut bien accepter, le
comté de Sommerset pouvant aussi bien qu'un autre, dit-il,
réclamer l'honneur d'être la patrie de ce personnage[3]. Nous
sommes moins accommodant que M. J. S. Brewer, et nous
serions tenté d'être moins réservé que lui. Serait-il donc
contraire à toute vraisemblance de soutenir qu'Adam de Marisco était originaire, non pas du comté de Sommerset, mais
d'une petite localité de Normandie, voisine de la ville d'Eu,
dont l'église s'appelait au xiii° siècle *ecclesia de Marisco*, qui
s'est appelée depuis *Marais le Normand*, et qui se nomme aujourd'hui Ponts et Marais?

[1] *Historia universitatis Oxoniensis*, in fol. p. 136.
[2] *Bibliotheca Britannico-Hibernica*, Londini, 1748, in-fol.
[3] *Monumenta Franciscana*, edited by J. S. Brewer. London, 1858, in-8°.
p. lxxvi et lxxvii.

Constatons, sans insister, qu'Adam était en relation avec l'archevêque de Rouen, Eudes Rigaud; qu'il avait parmi ses amis un certain Pierre de Pontoise; qu'il s'intéressait aux affaires de France, qu'il en écrivait et en faisait écrire à la reine Blanche de Castille[1]; tous indices qui semblent trahir une origine française.

Nous revenons à Roger Bacon.

Irons-nous jusqu'à prétendre que Roger Bacon n'était pas Anglais? Nous avons deux motifs pour ne pas pousser le scepticisme aussi loin. Le premier, c'est que Bacon est qualifié d'Anglais par deux écrivains de la fin du xiv° siècle et du commencement du xv° siècle, Pierre d'Ailly[2] et saint Antonin; le second, c'est que l'Angleterre est, de tous les pays, celui qui possède le plus grand nombre de manuscrits de ses ouvrages. Encore que ces manuscrits ne portent pas dans leur titre l'indication précise de la patrie de l'auteur, on ne saurait s'étonner qu'un écrivain dont les ouvrages se rencontrent si fréquemment dans les bibliothèques d'Oxford, de Londres et de Cambridge soit revendiqué par l'Angleterre comme l'un des siens. Toutefois, pour confirmer cette induction, il ne serait pas inutile de connaître à quelle famille Bacon appartenait. Or, sur ce point, plane encore beaucoup d'obscurité.

Bacon nous apprend lui-même qu'il sortait d'une famille noble, riche et nombreuse, engagée à certain degré dans les affaires du temps. Pouvons-nous retrouver quelques vestiges certains de ses ancêtres?

Au siècle dernier, Dugdale, dans le grand ouvrage qu'il a intitulé *Baronagium*, a retracé l'histoire des anciennes familles d'Angleterre; aucune famille du nom de Bacon n'y figure.

Ce nom se rencontre une seule fois dans l'*Introduction au*

---

[1] *Adæ de Marisco epistolæ*, ep. vi, vii, ccxvi, *ibid.* p. 80, 81, 381.

[2] « Doctor quidam Anglicus, » dit Pierre d'Ailly. *Contra astronomos.* col. 780, dans les œuvres de Gerson, éd. 1706, t. I.

Domesday book, de sir Henry Ellis, parmi ceux des tenanciers dont la possession était antérieure à la conquête de l'Angleterre par les Normands[1]. Nous l'avons inutilement cherché dans cet ouvrage sur la liste des compagnons de Guillaume le Conquérant qui, après sa victoire, se partagèrent le sol anglais.

Nous avons été plus heureux, à quelques égards, soit avec le catalogue des fiefs inscrits dans les registres de la cour de l'Échiquier au temps de Henri III[2], soit avec les différents recueils des anciennes chartes, lettres patentes et lettres closes conservées à la Tour de Londres, précieuses collections publiées par les ordres du gouvernement anglais.

Au catalogue des fiefs, nous trouvons mentionnés à diverses reprises des personnages du nom de Bacon ou Bacun, notamment Henri, Alexandre, Richard, Robert Bacon, et une femme Mabille Bacon. Henri possédait un fief à Esselir, dans le comté d'Oxford; Mabille et Robert en avaient un à Baudindon, dans le même comté; Richard à Ernewode, dans le comté de Southampton; Alexandre est qualifié de garde, *custos*, charge en vertu de laquelle certains deniers doivent lui être payés.

Les collections de chartes et de lettres patentes ou closes offrent les noms de Richard Bacon, de Guillaume Bacon, de Roger Bacon. Ce dernier habitait le comté de Norfolk. Il avait un neveu qui portait le même nom que lui, qu'il gardait comme otage, et il reçut du roi Jean l'ordre de le mettre en liberté. Il paraît que ses terres avaient été confisquées, sans doute parce qu'il avait pris parti contre le roi, dans la querelle de celui-ci avec ses barons; mais elles lui furent restituées dès la première année du règne de Henri III, après qu'il fut rentré en grâce.

---

[1] *A general introduction to Domesday book*, by sir Henry Ellis, 1833. in-8°, 2 vol.

[2] *Testa de Nevill, sive liber feodorum in curia scaccarii temp. Henr. III et Edw. I.* 18.., in-fol

En 1223, nous trouvons encore un personnage du nom de Roger Bacon, le même peut-être que le précédent, et auquel le roi confia une mission en Irlande [1].

Des indications que nous venons d'emprunter aux sources les plus authentiques, il résulte qu'en Angleterre, sous le règne de Henri III, il a vécu un certain nombre de personnes qui, ayant été les contemporains de Bacon, ont porté le même nom que lui, ont appartenu comme lui, la plupart du moins, à une noble race, et ont habité, soit la contrée même où ses biographes placent le lieu de sa naissance, soit les contrées environnantes.

C'est assurément là un renseignement qui n'est pas sans intérêt; mais ce qui en diminue pour nous la portée, c'est qu'à la même époque le nom de Bacon était aussi porté en France par plus d'un personnage de noble extraction.

Au nombre de ses familles les plus anciennes et les plus illustres, le duché de Normandie comptait la famille Bacon, qui possédait la seigneurie du Molay, à quelque distance de Caen [2]. Plusieurs de ses membres avaient joué un rôle dans les affaires de leur temps. Guillaume Bacon, premier du nom, accompagna le duc de Normandie dans la conquête de l'Angleterre. Il n'est pas aussi certain que Guillaume, deuxième du nom, ait suivi, comme on l'a cru quelquefois, le duc Robert Courte-Cuisse à la première croisade.

Au XIII⁰ siècle nous trouvons plusieurs personnages du nom de Bacon, qui appartiennent certainement à cette même famille.

On possède encore le catalogue des vassaux qui devaient le

---

[1] *Rotuli litterarum clausarum in turri Londinensi asservati*, accurante Thoma Duffus Hardy, vol. I, 1833, in-fol. p. 254, 333, 534.

[2] Voyez le mémoire historique sur la châtellenie et les seigneurs du Molley-Bacon, par l'abbé Beziers, dans les *Nouvelles recherches sur la France*, 1766, 2 vol. in-12, p. 507 et suiv.

service militaire au duc de Normandie. Ce catalogue a été commencé en 1172 par l'ordre de Henri II, et achevé par l'ordre de Philippe-Auguste peu de temps après la réunion de la Normandie à la couronne. On y voit figurer un vassal du nom de Roger Bachon, ou Roger de Bacon, possesseur d'un fief qui paraît bien avoir été situé sur le territoire de Campigny, dans l'arrondissement de Bayeux, canton de Balleroy.

En 1266 un arrêt du parlement de Paris, rendu à la requête de l'abbé de Cerisy, fait défense à messire Roger Bacon de transporter au mardi le marché qui se tenait le dimanche à Bernesq. Cet arrêt mentionne le père dudit Roger en le qualifiant de *dominus de Moleto* [1]; et d'autre part, dans les lettres du 19 mai 1304 qui convoquent à Arras l'ost du roi de France, nous retrouvons parmi les noms des vassaux du bailliage de Caen celui de Roger de Bacon, comme seigneur de Monlay, fief dans lequel il est aisé de reconnaitre la seigneurie de Molay.

En 1271, en 1272, en 1318 le nom de Roger Bacon reparaît soit dans les actes du parlement, soit dans les listes des seigneurs féodaux appelés sous les armes. Un arrêt de 1318 nous apprend que Roger avait un cousin, Guillaume Bacon, et qu'ils s'étaient tous deux permis de maltraiter un sergent du roi [2]. Citons encore Richard Bacon, mentionné dans un registre commencé en 1220 et terminé en 1270, comme possesseur d'un fief dans le Cotentin : Robert Bacon, appelé par lettre close du 5 août 1303 à l'armée qui se réunissait près d'Arras; Godefroy Bacon, qui habitait aux environs de Viezvi, son fils Jacques Bacon; Jean Bacon, inscrit au nécrologe de Longueville parmi les bienfaiteurs de l'abbaye, etc.

---

[1] *Les Olim*, publiés par le comte Beugnot, in-4°, t. I, p. 224.
[2] *Actes du Parlement de Paris*, par M. Boutaric, Paris, 1867, in-4°, t. II, 242.

Sans qu'il soit nécessaire de poursuivre ces recherches plus longtemps, nous croyons avoir suffisamment établi que la France, comme l'Angleterre, a compté au xiiie siècle plus d'une famille noble ayant porté le nom de Bacon, et répondant assez fidèlement à l'idée que notre philosophe nous donne de sa propre parenté. Il serait dès lors difficile ou, pour parler plus exactement, il serait impossible, à moins de documents nouveaux, de dire quels sont ses aïeux. Il se peut que ces familles que nous trouvons sur les côtes de Normandie et dans les comtés d'Oxford et de Norfolk soient réellement distinctes les unes des autres; il se peut aussi qu'elles soient de simples branches d'une même race, ayant pour auteur commun Guillaume Bacon qui avait suivi le duc de Normandie en Angleterre. Roger Bacon était-il d'origine anglaise sans mélange de sang étranger? ou bien était-il d'origine normande et, par conséquent son nom, qui fait l'orgueil de l'Angleterre, ne pourrait-il pas être revendiqué par la France, au moins pour une part? Nous posons la question sans la résoudre. Nous tenions à faire voir qu'elle est plus incertaine qu'on ne le croit généralement; ce point établi, nous ne forcerons pas les conséquences des indications que nous avons réunies et qui pourront un jour ou l'autre mettre sur la voie de la vérité.

Nous continuons la discussion de la biographie de Bacon. Les historiens veulent que dès ses plus jeunes années il ait annoncé de brillantes dispositions; qu'au sortir de la maison paternelle il ait été envoyé aux écoles d'Oxford; on montre même dans ces écoles la maison à l'enseigne du *Nez de bronze*, que, dit-on, il habitait. Nous serions curieux de savoir sur quelles preuves reposent ces assertions dont la trace n'apparaît pas avant Leland, et que Wood a recueillies, développées et aggravées.

Que Bacon ait fréquenté les écoles d'Oxford, le fait n'est pas douteux. Nous connaissons par son témoignage le nom de l'un des maîtres qu'il y a entendus : c'est le bienheureux Edmond, archevêque de Cantorbéry, qui expliquait alors les *Réfutations sophistiques* d'Aristote, et dont les leçons, malgré l'aridité du sujet, intéressaient tout au moins par leur nouveauté; car c'était la première fois que cette partie de l'*Organum* était commentée publiquement en Angleterre[1]. Roger Bacon nous apprend aussi que l'optique, *perspectiva*, qui n'était pas enseignée à Paris, fut par deux fois enseignée dans les écoles d'Oxford[2]; et tout porte à croire qu'il ne parle pas de ce double enseignement d'après autrui, mais en témoin bien informé. Enfin il ressort de la lecture des ouvrages de Bacon qu'il a fréquenté plusieurs personnages qui n'étaient peut-être pas tous Anglais d'origine, mais qui vivaient alors en Angleterre, et que la renommée signalait comme animés du zèle le plus vif pour l'étude des sciences, entre autres, Adam du Marais et Robert Grosse-Tête, évêque de Lincoln. Ce dernier surtout paraît avoir exercé sur notre philosophe une sérieuse influence. Roger Bacon ne parle jamais de l'évêque de Lincoln que sur le ton de l'admiration la plus sincère. Il ne tarit pas en éloges de sa profonde connaissance du grec et de l'hébreu, de son savoir en mathématiques, de ses découvertes dans les branches de la philosophie naturelle les plus ignorées des Latins.

Mais, après avoir rassemblé ces indices du passage de Bacon aux écoles d'Oxford, on doit reconnaître que ce sont les seuls qui soient authentiques. Combien de temps Bacon a-t-il séjourné en Angleterre? A quelle époque et pourquoi l'a-t-il quittée? Il est facile de faire à cet égard des conjectures, elles ne reposent sur aucun texte positif. Même absence de rensei-

---

[1] Voyez les fragments du *Compendium studii theologiæ*, publiés par M. Charles à la suite de sa précieuse monographie, p. 412.

[2] *Opera inedita*, p. 37 : « Hæc scientia (perspectiva) non est adhuc lecta Parisius, nec apud Latinos, nisi bis Oxoniæ in Anglia. »

gnements quant à la date certaine et quant aux motifs de
l'arrivée de notre philosophe en France. Les biographes veulent
qu'il soit venu à Paris, selon l'usage des écoliers d'Oxford,
pour y compléter son instruction, et s'y livrer à l'étude de la
théologie. C'est la conjecture émise pour la première fois par
Leland, *ut ex conjecturis colligit Lelandus*, dit Bale[1], reconnais-
sant lui-même, par cet aveu implicite, que l'opinion qu'il adopte
n'est pas justifiée. Confessons-le, si quelque nouveau biographe
s'avisait de prétendre que Bacon étudiait à Paris en 1229;
que l'Université, à la suite de troubles graves, s'étant alors
dispersée, il quitta la France, et comme tant d'autres Anglais,
sur l'invitation de Henri III[2], passa en Angleterre, où il fré-
quenta désormais les écoles d'Oxford, quelle objection pour-
rait-on élever contre une pareille assertion, sinon qu'elle est
toute gratuite? C'est exactement le même reproche que nous
sommes en droit d'adresser à Leland, à Pits et à Bale, ainsi
qu'à Wood qui les a suivis.

Nous ne connaissons qu'un seul fait, mais un fait d'une
importance capitale, qui soit bien avéré; c'est le long séjour
de Bacon en France. Nous l'y trouvons avant 1247; il y est
encore en 1267, et il ne paraît pas que dans ces vingt années il ait quitté un seul jour le sol français. C'est là que
sont venues le trouver les lettres de Clément IV; c'est là qu'il a
composé l'*Opus majus*; de sorte que, s'il n'appartient pas direc-
tement à une famille française, la France du moins a été pour
lui comme une seconde patrie. Déjà M. Émile Charles a prouvé
que Bacon avait habité la France à deux époques différentes;
en suivant les traces mêmes du savant écrivain, on peut, selon
nous, aller plus loin que lui, et soutenir que dès avant 1247,

---

[1] *Scriptorum illustrium majoris Britanniæ catalogus*. Basileæ, 1559. in-fol.
p. 312.

[2] Voyez la lettre de Henri III aux écoliers de Paris dans le *Liber niger scaccarii*, de Londini, 1774. in-8°. t. I. p. 469.

et à partir de là jusqu'en 1267, sinon jusqu'en 1277, la France a été la résidence habituelle de Bacon.

Le premier texte à l'appui de cette conclusion est le passage dans lequel Bacon déclare avoir deux fois entendu, *bis audivi*, l'évêque de Paris, Guillaume d'Auvergne, condamner, en présence de l'Université, les assertions de certains docteurs sur l'intellect agent[1] ; Guillaume d'Auvergne, mort en 1248, eut à frapper plus d'une fois les erreurs qui circulaient alors dans les écoles. La sentence qu'il avait portée contre deux maîtres qui n'ont pas laissé d'autre souvenir, Mr Jean de Brescia et Mr Raymond, fut confirmée en 1247 par le cardinal Eudes de Châteauroux. Elle avait elle-même été précédée par d'autres censures, notamment par celle qui porte la date de 1240 et dont quelques articles nous ont été conservés[2]. C'est évidemment à cette lutte de Guillaume d'Auvergne contre les hérésies philosophiques de son temps que Roger Bacon fait allusion, lorsqu'il déclare avoir lui-même entendu deux fois le docte évêque. Peut-être se trouvait-il à Paris dès 1240, mais il y était certainement avant 1247.

En second lieu, dans un chapitre de l'*Opus tertium*, discutant une question relative aux angles solides, Bacon dit qu'environ vingt années auparavant il avait engagé une controverse analogue avec des maîtres de l'Université de Paris, à l'occasion de cette épreuve scolaire appelée alors *principium*[3]. L'*Opus tertium* ayant été composé en 1267, nous sommes reportés par ce passage aussi clairement que par le précédent à l'année 1247 comme date certaine du séjour de Bacon à Paris. Ce fut sans doute à cette époque qu'il entra en relation avec Pierre

---

[1] *Opera inedita*, p. 74 : «Ego bis audivi venerabilem antistitem Parisiensis ecclesiæ, dominum Guillelmum Alvernensem, congregata universitate coram eo....»

[2] D'Argentré. *Collectio judiciorum de novis erroribus*, Parisiis. 1728. in-fol. t. I. p. 158 et suiv.

Opera inedita, p. 139.

de Maricourt, un des hommes qu'il a le plus admirés; car dans l'*Opus minus*, composé vers le même temps que l'*Opus tertium*, il fait allusion à ce savant maître, si profondément initié à tous les secrets de la nature. « C'est le seul que j'ai trouvé, dit-il[1], qui ait su les pénétrer; et c'est à lui seul qu'il y a vingt ans j'en ai dû la connaissance. »

Remarquons à ce propos que Pierre de Maricourt était Picard, et qu'il n'habitait pas Paris. S'il eût voulu venir à Paris et y produire quelques-unes des œuvres de son merveilleux savoir, il eût, s'écrie Bacon, entraîné à sa suite le monde entier. Ce n'est donc pas à Paris que Bacon l'a entendu et qu'il a reçu ses leçons : d'où il suit que Bacon, durant son séjour en France, a dû voyager, sans dépasser toutefois un rayon peu étendu.

Roger Bacon, qui était en France avant 1247, s'y trouvait encore à l'époque de l'insurrection des Pastoureaux, c'est-à-dire en 1252. Il fut témoin de ce soulèvement populaire; il déplora que la reine Blanche, la plus sage des femmes cependant, se fût laissé circonvenir par ces bandes indisciplinées qui promettaient d'aller en Terre Sainte délivrer le roi Louis IX. Une fois même, il se rencontra avec leur chef; il le vit de ses yeux, *vidi eum oculis meis*, s'avancer pieds nus, au milieu des siens, portant en ses mains une sorte de talisman, qu'il montrait au peuple, et qui ne rassurait nullement Bacon. Notre philosophe qui, en dépit de la science, était fort superstitieux, soupçonnait là quelque peu de magie : sans quoi, dit-il, le maître des Pastoureaux aurait-il à ce point ému les foules en France et en Allemagne[2]?

---

[1] *Opera inedita*, p. 359. M. Brewer suppose que ce passage s'applique à Robert de Lincoln; mais dans le manuscrit de la Bodléienne collationné par M. Charles (*Roger Bacon*, etc. p. 10 et p. 357), la marge porte *magistrum Petrum*, ce qui s'accorde avec les témoignages rendus ailleurs par Bacon à la science de Pierre de Maricourt.

[2] *Opus majus*, p. 189.

Tandis que les dangers qu'il courait en Palestine servaient de prétexte à une aussi vive agitation, Louis IX, sorti des mains des Sarrasins, envoyait un religieux de l'ordre de Saint-François, Guillaume de Rubruk, vers le roi des Tartares, qu'il espérait convertir à la foi chrétienne. C'est au mois de mai 1253 que ce voyage fut entrepris. Nous en connaissons les étapes pour ainsi dire jour par jour. Il embrassa tout le pays compris entre la mer Noire et la mer Caspienne, et dura un peu plus de deux ans. L'intrépide missionnaire ne fut de retour en Asie Mineure que sur la fin du mois de juillet 1255. Ses supérieurs l'ayant attaché à l'église de Saint-Jean-d'Acre, il dut se contenter d'écrire au roi la relation de son voyage. Cette relation, un des monuments les plus curieux des connaissances géographiques au XIIIᵉ siècle[1], a été entre les mains de Roger Bacon : il l'avait lue avec soin, et il la cite plusieurs fois ; mais, ce qui offre pour nous un intérêt particulier, il rapporte qu'il a connu personnellement l'auteur et qu'il a conféré avec lui, *et cum ejus auctore contuli*. Il résulte de là deux conséquences, qui ne sont pas sans prix : la première, c'est que Guillaume de Rubruk, selon le vœu qu'il exprimait au roi, avait fini, sans doute grâce à sa protection, par obtenir du général des franciscains la faculté de revenir en France, fait inconnu de ses biographes : la seconde, c'est que Roger Bacon se trouvait lui-même en France vers 1256 ; car ce n'est pas antérieurement à cette date qu'on peut placer le retour de Rubruk en Europe.

Nous ajouterons que Bacon résidait encore en France vers 1261 ; en effet, d'après son témoignage, c'est aux environs de cette même année, cinq ou six ans avant la composition de l'*Opus majus* et de l'*Opus tertium*, qu'il se chargea de l'éducation d'un enfant pauvre, auquel il fit apprendre les langues, les mathématiques et la perspective, et qui surpassa bientôt

---

[1] Voyez au tome IV, p. 199 et suiv., des *Mémoires de la société de géographie*, une édition de cet itinéraire due aux soins de MM. Franc. Michel et Th. Wright.

en savoir tous les étudiants de Paris. Bacon l'avait à ses côtés, lorsqu'en 1266 il commença la rédaction de ses grands ouvrages[1]; et ce fut cet élève, objet de tant de soins et d'affection, qu'il chargea, malgré sa jeunesse, d'aller les présenter au pape.

Il s'agirait maintenant de savoir si ce long séjour de Bacon en France, et le plus souvent à Paris, ce séjour attesté de la manière la moins équivoque, n'a pas été entrecoupé de quelques voyages en Angleterre. Aucun indice, aucun témoignage n'autorise à le supposer.

Cependant un événement considérable s'était accompli dans l'existence de Bacon : il avait pris l'habit religieux dans un couvent de l'ordre de Saint-François. Les biographes sont très-incertains sur la date de sa profession ; nous croyons qu'on peut la fixer à l'année 1257 et qu'elle a eu lieu en France. Nous nous fondons pour cela sur le passage suivant de la lettre au pape Clément IV, qui forme le premier chapitre de l'*Opus tertium* :

« Recolens me jam a decem annis exulantem quantum ad famam studii quam retroactis temporibus obtinui, meam parvitatem recognoscens, et ignorantiam multiplicem, ac os elingue, et calamum stridentem, vestramque sapientiam admirans, quod a me jam omnibus inaudito, et velut jam sepulto et oblivione deleto, sapientiales scripturas petere dignetur, etc... »

Ces mots, *recolens me jam a decem annis exulantem*, ont été entendus jusqu'ici dans un sens littéral, comme s'ils marquaient un exil réel : ce qui conduirait à supposer que Bacon, ayant jusque-là vécu en Angleterre, avait quitté son pays en 1257 : or nous avons démontré que dès 1255, et dans les années antérieures, il était en France. Le sens littéral doit donc être abandonné. Selon nous il s'agit ici non pas de l'éloignement de la patrie, mais de l'éloignement du monde,

---

[1] *Opus majus*, p. 143.

de la retraite dans un asile où s'éteignent toutes les renommées, celles de l'école ainsi que les autres, où le bruit qui retentissait autour de vous fait place à l'oubli et au silence, *exulantem quantum ad famam studii;* en un mot, nous croyons qu'il est ici question de la vie du cloître succédant à la vie du siècle. Bacon naguère, sur les bancs ou dans les chaires des universités, avait connu la gloire, *famam studii retroactis temporibus obtinui;* et depuis dix ans déjà, lorsque Clément IV daigna se souvenir de lui, nul ne prononçait plus son nom : il était oublié et pour ainsi dire entré dans la tombe, *velut jam sepulto et oblivione deleto.* Pourquoi? Parce qu'il avait changé d'existence et d'état, parce qu'il avait quitté le monde.

Quelques observations de détail confirment, à nos yeux, l'interprétation que nous avons donnée au passage dont il s'agit. Ainsi, on est frappé de l'insistance que met Bacon à rappeler au souverain pontife qu'il n'a pas toujours vécu dans l'état où il vit maintenant, *in alio statu quo vixi, in hoc statu quo sum modo;* il a un souvenir si présent des deux états qui partagent sa vie, que le dernier, l'état monastique, devait être en 1267 encore assez nouveau pour lui. Une autre circonstance est à noter, c'est que de son aveu il n'avait rien écrit d'important avant de se faire religieux, *in alio statu non feci scriptum aliquod philosophiæ,* et que cependant, comme on l'a vu plus haut, il s'était acquis une véritable illustration : il était connu dès lors pour avoir consacré plus de temps et de labeur que personne autre à l'étude des langues, comme à celle des sciences. *Notum est quod nullus in tot scientiis et linguis laboravit nec tantum : quod homines mirabantur in alio statu quo vixi*[1]. Fait important, d'où il est permis de conclure que c'est en pleine maturité d'âge, d'esprit et de renommée, et non pas, comme on l'a cru jusqu'ici. dès sa première jeunesse, que

---

[1] *Opera inedita*, p. 13. 65. etc.

Bacon a renoncé au monde et s'est affilié à l'ordre de Saint-François.

Suivant une chronique publiée par Leland, Roger Bacon aurait été admis à prononcer ses vœux dès son entrée dans la communauté, avant d'avoir fait une année de probation. *Consueverunt in ipso die ingressus, si vellent, profiteri; sicque fecit frater piæ memoriæ Rogerus Bacon.* Ce passage en reproduit textuellement un autre qui se lit dans l'ouvrage de Thomas de Eccleston sur l'arrivée des Frères Mineurs en Angleterre; et comme le chapitre d'où il est tiré se rapporte au temps où Albert de Pise exerça les fonctions de provincial de la communauté, c'est-à-dire aux années 1236, 1237 et 1238, nous nous sommes demandé si l'on ne pourrait pas tirer de là une objection contre notre sentiment. Mais il est facile de constater que dans le texte primitif, qui est celui de Thomas de Eccleston, d'une part il ne s'agit pas des franciscains, mais des dominicains, et d'autre part, qu'au lieu du nom de Roger Bacon, en toutes lettres, on lit seulement R. Bacon : « Ipse (F. Albertus de Pisa) recepit mandatum domini papæ Gregorii, quod Fratres Prædicatores nullum obligarent, quominus posset ad quamcumque vellet religionem intrare, nec fratres suos novicios, nisi completo anno probationis, ad professionem reciperent. Consueverunt enim ipso die ingressus sui, si vellent, profiteri: sicque fecit bonæ memoriæ frater R. Bacon[1]. » Comme il est ici question des Frères Prêcheurs, ces mots *Frater R. Bacon* ne désignent évidemment pas Roger Bacon. Nous n'hésiterons pas à croire qu'ils désignent Robert Bacon, mort en 1248, qui est cité par Mathieu Paris comme un des savants théologiens de son temps, et qui fut en effet une des premières gloires de l'ordre de Saint-Dominique.

En fixant à l'année 1257 le changement d'existence de Ba-

---

[1] *Monumenta Franciscana*, p. 56 et 556.

con, nous ignorons d'ailleurs, avec tous ses biographes, les motifs qui poussèrent un esprit aussi indépendant, nous pourrions dire aussi présomptueux, à faire le sacrifice de sa liberté, et à rechercher le joug facile et sanctifiant pour d'autres, mais périlleux pour lui, de la vie religieuse. Il est certain qu'il n'eut pas à se féliciter de sa résolution, et qu'il ne tarda pas à en éprouver de cruels regrets. Ces retours fréquents que dans sa lettre au pape il fait sur le passé, sur la renommée qu'il a obtenue autrefois et à laquelle a succédé l'oubli, n'annoncent pas un cœur satisfait et ne sont pas le langage d'un frère de l'ordre de Saint-François, résigné aux devoirs austères de son état. Bacon n'avait plus les mêmes facilités que jadis pour se livrer à ses travaux de prédilection, ni surtout pour s'instruire, comme il avait fait jusque-là, dans le commerce d'autrui. Il conservait le droit de lire et d'étudier, et même celui de composer des livres : mais la règle du couvent lui défendait de communiquer ses écrits à qui que ce fût, et il ne trouvait pas facilement à Paris de bons et fidèles copistes. Tout porte à croire qu'il fut d'assez bonne heure l'objet d'une surveillance jalouse, et que les tracasseries ne lui furent pas épargnées : car il se plaint amèrement à Clément IV des entraves qu'on apporte à ses travaux et des mauvais traitements auxquels il est en butte. Après la mort du pape, son protecteur, les vexations qu'il avait à subir redoublèrent, et aboutirent en 1277 à la sévère sentence du général des franciscains, Jérôme d'Ascoli, qui, de l'avis de beaucoup de membres de la communauté, le condamna à l'emprisonnement. La sentence, au témoignage de saint Antonin, avait pour motifs les nouveautés suspectes que renfermait la doctrine de Roger Bacon, qualifié de maître en théologie. Et en effet quand on parcourt non-seulement l'*Opus majus*, mais l'*Opus minus*, l'*Opus tertium*, et surtout le *Compendium studii philosophiæ*, composé en 1271, on ne saurait s'étonner que les contemporains de Bacon se soient émus de la hardiesse de ses opinions théologiques et philosophiques, en même temps qu'ils étaient scandalisés de ses dures et injustes appréciations des maîtres les plus autorisés, Alexandre de Hales, Albert le Grand, Thomas d'Aquin. Notre dessein n'est pas d'insister sur cette partie de la biographie de Bacon, n'ayant rien à reprendre non plus qu'à ajouter au tableau que tous les historiens en ont tracé. Sa captivité se prolongea certainement durant plusieurs années ; et il serait difficile de dire avec précision à quelle époque elle cessa. Il se peut qu'elle ait duré jusqu'à la réunion du chapitre des Frères Mineurs qui se tint à Paris au mois de mai 1292, par les soins de leur nouveau général, Raymond Gaufredi, auquel une note marginale d'un très-ancien manuscrit du *British Museum* attribue la délivrance de Roger Bacon. Quoi qu'il en soit, cette date de 1292 est la dernière date certaine que la biographie de Bacon présente ; c'est la date de l'année dans laquelle, ainsi qu'il l'apprend, il travaillait au *Compendium studii theologiæ*. L'ouvrage, encore inédit, n'est jusqu'ici connu que par l'analyse et les extraits que M. Charles en a donnés. Il ne paraît pas que l'âge et la persécution eussent modifié sensiblement les opinions de notre philosophe ; toutefois dans ce nouvel ouvrage on ne retrouve plus les vives attaques qu'il se permettait autrefois contre les plus fameux d'entre les maîtres contemporains.

Combien de temps Bacon a-t-il vécu après 1292 ? La date de 1294 admise par quelques biographes est la plus reculée qu'on ait assignée à sa mort, et, comme le remarque M. Charles, elle n'a rien d'invraisemblable. Ce qui paraît constant, c'est que Bacon, au sortir de sa captivité, revint en Angleterre et y mourut. On assure même qu'il fut enterré à Oxford, au couvent des franciscains, tradition que nous n'avons aucun motif de contester.